LE CIMETIÈRE,

POËME LYRIQUE.

LE CIMETIÈRE,

POËME LYRIQUE,

PAR M. HIPPOLYTE BIS.

> Il n'est point de patrie chez un peuple
> qui n'a point d'aïeux, et pour qui les
> morts ne sont rien.
>
> (JOUY, *Erm. chauss. d'Ant.*)

PARIS,

BÉCHET Aîné, LIBRAIRE,

QUAI DES AUGUSTINS, N.° 57.

1822.

IMPRIMERIE DE LELEUX,
GRANDE PLACE, A LILLE.

AVERTISSEMENT.

U n cimetière connu sous le nom de *Raquet,* situé à une demi-lieue de Douai, a reçu pendant un quart de siècle les dépouilles mortelles de mes concitoyens : c'est là que repose ma mère. Il y a cinq ans environ, la bêche n'y trouva plus de place vide. Un nouveau terrain fut acquis au moyen d'un échange avec le *Raquet;* et, je ne sais sous quel prétexte d'augmenter le revenu des pauvres, on vient de décider qu'on labourerait dans peu de mois cette terre, qui tout-à-l'heure encore retentissait de chants funèbres et des cris du désespoir; qui chaque jour était arrosée de larmes et de l'eau sainte, et où la génération présente a vu s'engloutir tant de citoyens vertueux, d'épouses chéries, de mères et d'enfans adorés; tant de bonheur et d'espérance! (¹)

(¹) A en juger par l'empressement qu'on apporte à exploiter ce cimetière, ne serait-on pas tenté de se croire menacé d'une famine prochaine, s'il continuait à rester

A Dieu ne plaise que je soupçonne tous les Douaisiens d'avoir applaudi à cette décision coupable, sinon devant la Loi, au moins devant la Nature. Leurs cœurs ont dû se briser comme le mien à l'idée poignante de ne plus pouvoir bientôt deviner, à travers les épis, où sommeillent les objets de leur affection et de leurs regrets. Le plus grand nombre a cru sans doute les perdre une seconde fois. D'autres, moins sensibles et pusillanimes peut-être, ont pensé qu'on leur défendait un plus long deuil, et le pèlerinage du champ du repos cessa de leur paraître un devoir. De là l'abandon de maint et maint tombeau; de là le désordre d'un cimetière qui, ouvert de tous côtés, semble un appât offert à l'épouvantable faim des animaux.

Il est, de l'aveu même des esprits désorganisateurs, une base éternelle de l'ordre social et de

inculte? En effet, un hectare, cinquante ares, quatre-vingt-sept centiares (mesure exacte du terrain), engraissés comme ils le sont par quelques milliers de morts, pourront, rendus à l'agriculture, fournir du pain à une quinzaine de vivans. Quelle providence pour les greniers publics!

la morale publique. De l'aveu même des esprits les plus incrédules, il est une religion aussi touchante que vraie, un culte de tous les temps et de tous les lieux : le respect dû aux générations écoulées, le souvenir des morts. Ce souvenir, on le sait, ne s'alimente, ne se plaît que parmi les tombeaux. Ils sont autant d'autels pour la douleur et la reconnaissance. Et cependant une multitude de sépulcres, dont la pierre récente annonce des restes humains encore presque palpitans, vont s'écrouler, se confondre et pour jamais disparaître.

Si le noble élève de Michel-Ange, si le célèbre contemporain, le digne protégé des Médicis et de notre Henri IV, si Jean de Bologne, [1] enfin, dont Douai s'honore justement d'avoir été la

_____

(1) Deux de mes amis, MM. R. Duthillœul et T. Bra, viennent en quelque sorte de rendre ce célèbre statuaire à ses concitoyens : l'un, en retraçant sa vie si pleine de gloire, dans un éloge brillant qui a obtenu la palme d'un concours; l'autre, en retraçant ses nobles traits dans un buste en marbre, de grandeur héroïque, que Douai a reçu avec gratitude de la munificence royale, et placé, avec une pompe inusitée, au milieu de son beau muséum.

Honorer *les talens* c'est les multiplier.

patrie, eût vécu de nos jours, il aurait fait sortir de la pierre de Carrare, non sa grâcieuse *Vénus*, non son majestueux *Neptune*, mais bien le *Sacrilége*. Il l'aurait représenté un soc à la main, brisant les cercueils et fécondant la terre avec la cendre des morts. Au défaut de son génie, je sens s'agiter en moi son cœur et son courage, et ma plume essaiera de tracer sur des feuilles légères, ce que son ciseau vengeur eût fait dire au marbre obéissant.

LE CIMETIÈRE. ⁽¹⁾

I.

L'ʜᴀʙɪᴛᴀɴᴛ du désert, traînant de plage en plage
Sa femme, son enfant, ses besoins et la mort,
Étouffe entre ses bras quelque monstre sauvage,
Écrase sous ses pieds le serpent du rivage;
Et dès qu'il tient sa proie, insouciant du sort,
Dans de sanglantes chairs, prix d'un affreux courage,
Il assouvit sa faim, il enivre sa rage,
        Et s'endort.

II.

    Un étranger, égaré sur sa trace,
S'avance à pas tremblans, le réveille et périt.
        Le coup part avant la menace;
        Il meurt en criant : Grâce! grâce!
        Le sauvage écoute et sourit.

III.

L'ouragan et la nuit viennent de leur haleine
　　　Engourdir ses membres nerveux;
　　　Une cabane est dans la plaine,
Il y court, il l'embrase, et s'arrête joyeux.
　　　Il est joyeux aux cris des femmes,
Des vieillards, des enfans que dévorent les flammes;
La volupté du crime a brillé dans ses yeux.
Son oreille se plaît au fracas des décombres,
Et brandissant sa torche, il chasse au loin les ombres,
　　　Et danse à la clarté des feux.

IV.

　　　Toujours cruel, toujours terrible,
　　　Sans lois, et libre de tout frein,
　　　Il porte, toujours inflexible,
Un cœur toujours de marbre, un front toujours d'airain.
　　　Mais son fils meurt; son corps se glace;
　　　Son œil mouillé n'a plus d'audace;
　　　Sa voix trahit d'âpres douleurs.
　　　Il frappe le roc de son glaive;
Sous sa main frémissante une tombe s'élève,
　　　Et du sang coule avec ses pleurs.

V.

De longs cheveux épars sa compagne voilée,
En contemplant l'agreste mausolée,
Appelle encor son fils qui ne lui répond plus.
Pour ranimer l'herbe flétrie,
Sa mamelle tarie,
S'épuise sous ses doigts en efforts superflus. (2)

VI.

Malheur à l'insensé qui, sur ces bords funestes,
Viendrait troubler les larmes des époux,
Ou du fils bien-aimé les redoutables restes!
A défaut de l'ombre en courroux,
A défaut des carreaux célestes,
Les flèches du sauvage ont d'équitables coups.
Profanateurs, éloignez-vous!

VII.

Heureuses cent fois les contrées,
Où, d'un Dieu qui trois jours s'endormit au cercueil,
Les lois, justes pour tous, de tous sont adorées!

Assis sur les tombeaux, le silence et le deuil,
Gardent des morts les dépouilles sacrées :
Écoutez-les, vivans, elles sont inspirées!....

VIII.

Quand du champ funéraire il visite le seuil,
Le superbe, à l'ame hautaine,
Des malheureux comprend la peine,
Et leur offre un plus doux accueil.
Quand du champ funéraire ils visitent le seuil,
Le méchant dépouille sa haine,
L'esclave pardonne à sa chaîne,
Et les rois marchent sans orgueil.

IX.

Que le présent se désunisse
Du passé qui repose en ces vieux monumens;
Que la terre des morts sous le soc s'aplanisse;
Que le fer nourricier brise les ossemens;
Et de l'ordre bientôt le fragile édifice
Croule jusqu'en ses fondemens.

X.

A l'ombre des palmiers, des chênes et des hêtres,
 Vivent encor les citoyens des bois.
  Ils n'ont, sous l'arbre de leur choix,
  Que leurs besoins du jour pour maîtres,
  Leurs désirs de l'instant pour lois.
Quel flambeau leur tient lieu des lumières des prêtres?
Quels chefs leur liberté place au trône des rois?
  Quels demi-dieux les poussent aux exploits?
Quel autel invisible est formidable aux traîtres?
  Les restes des temps d'autrefois,
  Les ossemens de leurs ancêtres.

XI.

Retracez-leur en de brillans discours
 Nos doux climats, nos richesses, nos fêtes,
L'éclat de nos cités, la splendeur de nos cours;
Offrez-leur des palais pour abriter leurs têtes;
 Vous les verrez, dédaignant vos secours,
  Rester au séjour des tempêtes.
Je les entends; ils vous répondent tous:

«Irons-nous réveiller nos pères ;
» Leur dire : Levez-vous !
» L'or nous appelle aux rives étrangères ;
» Ossemens, suivez-nous?

XII.

Conservez bien cet héritage,
Vos aïeux ne sont point ingrats ;
Ils vous inspireront au conseil, aux combats :
Pour un peuple déchu, pour un peuple sauvage,
Le livre du savoir est au champ du trépas.
Des temps qui ne sont plus il retrace l'image ;
Et parfois même il déroule une page
Pleine des temps qui ne sont pas.
Tels ces peuples, captifs sur leur propre rivage,
Trois cents ans de leur chaîne ont dévoré l'outrage ;
Mais un tombeau s'est ouvert sous leurs pas :
Ils y retrouvent tout ; leur glaive et leur courage,
Phalère et ses vaisseaux, Athène et ses soldats,
Et de la liberté l'infaillible présage.... [3]
Ils ont retrouvé sur la plage
Léonidas !

XIII.

Aux Thermopyles immortelles,
De vigilantes sentinelles
Gardent la cendre du héros ;
Des rois, au malheur infidèles,
Les abandonnent aux bourreaux ;
Qu'importe ! leurs voix solennelles
Dans l'air suivant les javelots,
Aux Musulmans portent ces mots :
« Renversez, renversez l'autel de la justice ,
» Nos temples , nos palais, nos cités , nos hameaux ;
» Ravagez nos moissons, foudroyez nos vaisseaux,
  » Sous l'alcoran que tout s'anéantisse.
» Mais ce n'est point assez ; Érostrates nouveaux,
  » Si vous voulez que la Grèce périsse,
  » Ravissez-nous la leçon des tombeaux ! »

XIV.

Tels étaient les pensers que ma douleur amère
   Nourrissait dans mon sein,
Lorsque ma piété retrouvait le chemin
   Qui mène au tombeau de ma mère.

Vingt fois depuis vingt ans qu'un précoce trépas
A ma tendresse l'a ravie,
Cet ange, à qui je dois la vie,
Se ranima sans doute au doux bruit de mes pas.

XV.

Brûlant d'une flamme immortelle,
Au culte des cyprès, mon amour filial
Se plut à se montrer fidèle.
Elle était mon idole, et fut votre modèle,
O mères!.... mais son sort en fut-il moins fatal?
Trop semblable à la fleur nouvelle,
Elle sécha dans l'éclat matinal;
Et moi, comme exilé, j'ai fui le sol natal,
Et n'y reviens que pour pleurer sur elle.

XVI.

Tandis que mes regrets cherchent son monument,
Dans les cieux obscurcis l'éclat du jour s'efface.
Des éclairs, astres d'un moment,
Semblent incendier l'espace;
Et des foudres lointains, hérauts du firmament,

De l'orage à la terre apportent la menace.
Que la nature est belle en son tourment!

XVII.

Salut, terre des morts! salut, couche dernière
  Des voyageurs, hôtes des temps passés!
Salut, humble tombeau! salut, modeste pierre!
  A mes sanglots vous me reconnaissez.
Mais où donc est la croix ravie à ma prière?
      Pourquoi ces saules renversés?
  L'herbe retient mes pas embarrassés;
  Et des humains l'inquiète poussière
      En vain demande une barrière
      A des arbustes dispersés.
  Le chardon seul garde la terre sainte;
  Lui seul debout sur le champ du repos,
Défend au voyageur l'approche des tombeaux.
Un vieillard cependant apparaît dans l'enceinte:
Aux rides de son front mes yeux lisent cent ans;
D'une faulx il soutient sa force presqu'éteinte,
Et Rome à son aspect eût dit: Voilà le Temps!
Soudain la faulx s'agite et frappe avec mesure:

« Arrête, et des tombeaux respecte la verdure,

» Lui dis-je; arrête, ici, la mort seule a des droits. »

═ « J'y viens, jeune étranger, pour la dernière fois.

» Encore un an, un seul, la charrue inhumaine

» Rouvrira des tombeaux qui sont fermés à peine;

» Cette herbe, qui peut-être accuse des ingrats,

» Qui couvre les sentiers, oubliés de leurs pas,

» Ma faulx la moissonnait; mais l'épi qui va naître,

» Mieux que moi pour toujours la fera disparaître. »

═ « Quoi! m'écriai-je alors, le soc du laboureur

» Sur ces tombeaux pressés promènerait l'horreur?

» Quoi! de nos vieux drapeaux ce défenseur illustre,

» Dont le dernier adieu ne compte pas un lustre,

» Sentirait la charrue interroger son sein,

» Et ne répondrait pas les armes à la main?

» Troublez, troublez sans crainte un repos qu'il abhorre,

» Mais rendez-lui son glaive, et qu'il combatte encore!

» Qu'il combatte, et soudain à sa tonnante voix

» Ses parens, ses amis, ses compagnons d'exploits,

» Rappelés de la tombe aux lumières natales,

» Se lèveront, armés de pierres sépulcrales,

» Et montreront au jour, sur ces champs entr'ouverts,

» Tout un peuple de morts menaçant les pervers.

» Mais la beauté n'aura, contre le soc perfide,

» Que des pleurs pour soutien, qu'un linceuil pour égide;

» Des enfans, fleurs d'un jour, moissonnés en naissant,

» Opposeront au fer un sourire innocent;

» Ces juges, leurs vertus; ces puissans, l'anathême;

» Le faible, un cri de rage; et l'impie, un blasphême.

» Tandis que ce pasteur, dont le nom vénéré,

» De l'orphelin, du pauvre est encore adoré,

» Bien qu'arraché sanglant à la nuit éternelle,

» Croira que parmi nous le malheur le rappelle,

» Et pardonnant en père à de coupables fils,

» Les mains sur ses bourreaux, dira : Je vous bénis!

» Quel spectacle!.... On a vu, dans des jours trop funestes,

» Des tombeaux de nos rois sortir de pâles restes;

» Le Crime devant lui les appelait debout.

» La Mort obéissait; le Crime pouvait tout.

» Mais l'or des factions, les discordes fatales,

» Mais la France épuisée au sein des saturnales,

» L'Éternel détrôné, ses temples abattus,

» Tout alors, tout semblait dispenser de vertus.

» Ivre du sang des rois, la tourbe rugissante

» Les poursuivait encor dans leur poudre impuissante;

» Mais cette poudre éparse au règne des méchans,

» Ne subit point l'affront de féconder nos champs.

» Et vous, qui dans les temps ne trouvez point d'excuse,

» Vous, (4) qu'on maudit tout bas, et que tout haut j'accuse,

» De vos propres aïeux vous vendez les lambeaux !

» Combien vous faut-il d'or pour rançon des tombeaux?....

» Je ne crois plus en toi, grand Dieu, si tu protéges

» Sur la terre des morts des moissons sacriléges;

» Je ne crois plus en toi, si devant ces forfaits

» Ton bras reste immobile et tes foudres muets!

» Et vous, puissans, et vous, si riches de morale,

» Hommes des anciens jours, vous souffrez ce scandale!

» Ne vous souvient-il plus que le premier autel,

» Chez nos premiers parens, fut le tombeau d'Abel?

» Si le peuple l'oublie, ou s'il cesse de croire,

» Laissez les livres saints, et parlez-lui de gloire;

» Donnez-lui de l'orgueil à défaut de remords :

» Qu'il se respecte au moins dans la cendre des morts ! »

XVIII.

A peine ai-je achevé, que mes yeux s'obscurcissent,

Que mon cœur s'engourdit, que mes genoux fléchissent;

D'une trève à mes maux j'accepte les bienfaits;

Où sa mère repose un fils sommeille en paix.

Mais quels vagues accens étonnent mon oreille?....

Sous le soc meurtrier ma mère se réveille;

J'entends mon nom; je vois, ô crime! ô jour de sang!

Je vois le fer impie arrêté dans son flanc;

Et frappant son bourreau qu'épargne un vain tonnerre :

« Meurs, dis-je! » Il tombe, expire, et j'embrasse ma mère.

Je l'embrasse! c'est elle, et non de froids débris;

Je lui parle, et son cœur me répond : *O mon fils!*

Ses bras se sont ouverts à ce cri de tendresse,

Après vingt ans de deuil je frémis d'allégresse;

Je reçois ses baisers, ses pleurs; et le tombeau

Avec elle, me rend les beaux jours du berceau!....

XIX.

La justice de l'homme est quelquefois impie :

Inflexible, elle veut que le meurtre s'expie.

On m'arrache à la tombe, où je voudrais mourir;

Un cachot devant moi s'empresse de s'ouvrir;

La foule m'y poursuit de son regard avide :

Elle sait que bientôt je le laisserai vide!

Elle vomit l'injure à travers les barreaux;

Ses sanguinaires vœux appellent les bourreaux;

Et moi, le front serein, je trace sur la pierre

Ces seuls mots : J'ai vengé la nature et ma mère!

Le tribunal m'appelle, et j'y cours radieux.

On me dit : Tu mourras, mais en baissant les yeux :
Toujours calme, j'oppose à cet arrêt sévère
Ces seuls mots : J'ai vengé la nature et ma mère !
Et le peuple interdit, le juge pâlissant,
Non sans quelque remords entendront l'innocent,
Portant à l'échafaud sa tête libre et fière,
Dire encor : J'ai vengé la nature et ma mère !

XX.

Ces fers, cet échafaud, où la vertu conduit,
Ce cercueil fracassé, ma mère, la victime,
Mon glaive encor fumant d'un honorable crime,
    Tout s'efface, tout fuit.

XXI.

Je m'étais endormi sur la foi d'un orage,
De ses bruyans concerts mon sommeil se flattait;
Les vents prêtaient des sons au mobile feuillage,
Dans la nue, aux flancs noirs, la foudre s'agitait.
    Mes yeux s'entr'ouvrent : le nuage
A dépouillé la foudre, et le deuil qu'il portait;
L'air fait silence, et l'arbre au frémissant ombrage,
    Se tait.

XXII.

Des élémens la fureur inconstante,
Le soleil déchirant son vêtement obscur,
Ce jour si beau, cet air si pur,
Comme un fleuve écumeux, cette nue éclatante
Qui roule à flots d'argent sur une mer d'azur,
Tout blesse mes regards et trahit mon attente.
Que dis-je? un doux présage a lui :
L'orage, avorté dans l'espace,
M'apprend qu'une coupable audace
Bientôt s'éteindra comme lui.
Et son vainqueur, le Dieu du jour et du Parnasse,
Que d'un culte innocent l'homme honore aujourd'hui,
Raffermit les tombeaux que la bêche menace,
Et d'un rayon plus vif vient enflammer la place
Où bat le cœur qui sera leur appui.

XXIII.

Et moi, silencieux, tremblant, hésiterai-je?
Non. Sur le front des morts le soc injurieux
N'osera point creuser un sillon sacrilége.

Dormez, amis, enfans, aïeux,
Dormez en paix; ma mère vous protége!

XXIV.

Et vous tremblez, profanateurs!
Pour les défendre, il suffit de ma lyre.
Votre nom remplira mes vers accusateurs;
Et je les puiserai dans un si beau délire,
Que je condamnerai vos neveux à les lire.
Tremblez, tremblez, profanateurs!

XXV.

Où m'emporte ma haine, hélas! trop légitime?
Dans ce séjour de calme et de regrets
Des accens de fureur ne sont-ils pas un crime?
Doit-on haïr sous des cyprès?....
Qui? des pervers? = Oui, oui, sans doute.
Je les hais en tous lieux, en tous tems, devant tous;
Que partout, que toujours leur pouvoir me redoute:
De leur rare sommeil je suis encor jaloux.
Et je jure.... imprudent, ta mère ici t'écoute!....
Pâle et morne, soudain je fléchis les genoux;

Ma mère ici m'écoute....
Je pleure, et n'ai plus de courroux.

XXVI.

Ah ! ne reprochez pas à ces champs tumulaires
    Leur muette hospitalité !
   Où fuirions-nous l'importune cité,
  Ses jeux trompeurs, ses fêtes mensongères,
Si la terre, coupable en sa fécondité,
Hérissait de moissons les tombes de nos pères?
   Où l'indigent, du monde rejeté,
Cacherait-il ses pas et ses pleurs solitaires?
   Faible, souffrant, hors de l'humanité,
Où pourrait-il rêver, pour charmer ses misères,
    Le repos et l'égalité? (5)

XXVII.

Ma mère avec orgueil rappelait la mémoire
Du jour, où bégayant des sons inattendus,
   Sous ses baisers et ses pleurs confondus,
   J'osai deviner le mot gloire.

Déjà l'ange de mort l'entraînait vers les cieux;

Mais elle oublia sa souffrance,

Lorsque du temps, son espérance

Crut voir mon nom victorieux.

O jeunesse crédule et vaine!

Bientôt j'interrogeai ma veine

Que tourmentaient les flots d'un sang inspirateur;

Mon œil audacieux mesura la hauteur

Du double mont où siége Melpomène;

Et quelque jour ma généreuse haine

Récompensant l'ingrat, payant le suborneur,

Au poteau d'infamie eût cloué leur honneur

Pour égaler le salaire à la peine.

XXVIII.

Fuyez, songes brillans, fuyez-moi sans retour;

Brise-toi, lyre, et vous, gloire d'un jour,

N'assemblez plus les fleurs dont mon front s'environne

Quand de nouveau ma mère m'abandonne,

Quand on ravit sa tombe à mon amour,

Que ferais-je de ma couronne?

XXIX.

Honte, anathème aux cœurs indifférens !
Chrétien, n'entends-tu pas l'Éternel ? il s'écrie
Et la terre répète : Honore tes parens !....
Si tu veux conquérir la céleste patrie,
Vivans, entoure-les de ton idolâtrie;
Morts, couvre leurs tombeaux d'arbustes odorans,
D'un marbre sans orgueil, de vers sans flatterie :
Elle ne doit farder que les restes des grands. (6)
Qu'un bocage touffu, cher à la rêverie,
Que des échos plaintifs, des ruisseaux murmurans,
Que sans cesse la paix, l'ombre, l'herbe fleurie,
Et des pleurs, renaissant de leur source tarie,
      Consolent les mânes errans.

XXX.

Alors de mon sommeil la sanglante chimère
    Ne souillera ni ma main, ni mes yeux,
    Et de mes jours, vidant la coupe amère,
Je ne retrouverai le bonheur et ma mère
      Qu'aux cieux ! (7)

NOTES.

(1) Ces vers ont été composés à quelques pas du tombeau de ma mère. Je les livre à l'impression tels que la piété filiale, tels que l'inspiration du moment les ont faits.

Cette nouvelle production, quelque sort qui l'attende, me sera toujours chère. Elle me met à portée de satisfaire deux besoins de mon cœur. Si dans mes vers j'offre à une mère adorée l'hommage dû à sa mémoire, et l'appui dû à ses cendres, je puis aussi dans ces notes payer le tribut de la reconnaissance. La mienne appartient toute entière au public dont la bienveillance accompagna mon début dans la carrière dramatique; à mes honorables amis qui, connus dès long-temps par de grands succès, m'ont prodigué les secours de leurs lumières et de leur expérience; et à la plupart de mes aristarques, pour les conseils utiles et l'urbanité toute française que j'ai rencontrés dans leur examen d'*Attila*. De tels encouragemens, je me plais à le reconnaître, adoucissent bien des amertumes, et font oublier bien des injustices !

(2) S'épuise sous ses doigts en efforts superflus.
(Pag. 11, v. 6.)

« Pourquoi le respect qu'on a pour les morts, celui qu'on porte à leurs dépouilles, est-il en tous pays en raison inverse du degré de la civilisation? En effet, quelle céré-monie, quel usage de l'Europe peut être comparé au

4

culte funéraire des peuples sauvages? Ces jeunes Cana-
diennes arrosant de leur lait la tombe de leurs enfans;
ces veuves de la Floride se dépouillant chaque année de
leur chevelure, pour en parer les buttes pyramidales
sous lesquelles sont ensevelis leurs époux; ces habitans
des bords de l'Orénoque conservant avec tant de soins
les squelettes de leurs pères, qu'ils ornent de plumes, de
bracelets et de colliers, sont des images d'un tout autre
intérêt que ces froides obsèques en usage chez les peuples
civilisés. »

(*Erm. chauss. d'Ant.*)

---

(3) Et de la liberté l'infaillible présage.

(Pag. 14, v. 18.)

Quel que soit le résultat immédiat de la lutte engagée
entre les descendans de Périclès et les stupides sectateurs
d'un pâtre de chameaux, il n'est pas douteux pour les
esprits éclairés que la génération actuelle verra l'affran-
chissement de la terre classique des arts. L'opinion
unanime, éclatante, irrésistible des nations, les vœux
secrets de quelques rois, l'humanité, la religion, la
politique et même la légitimité, qu'on peut aussi invo-
quer en faveur des peuples, condamnent tous à la fois
l'usurpation musulmane, et veulent que la Grèce soit
désormais heureuse et indépendante.

Les accens de gloire du premier poëte vivant de
l'Angleterre n'ont pas d'ailleurs retenti en vain aux
oreilles des Hellènes, et la constance de leur courage
répond de l'accomplissement de sa prophétie.

« Levez-vous, dit-il, et rappelez-vous les exploits de
» vos pères ! cherchez dans la cendre de leurs tombeaux
» quelques étincelles des feux qui échauffaient leurs
» cœurs. Celui qui périra dans ces nobles combats ajou-
» tera aux noms de ceux qui ne sont plus, un nom terrible
» qui fera trembler les tyrans. Il laissera à s s fils la glo-
» rieuse espérance de l'imiter à leur tour; ils préféreront
» la mort à la honte. *La cause de l'indépendance léguée*
» *par les pères à leurs enfans finit toujours par triompher.* »

(BYRON, *poëme du* Giaour.)

Si quelque censeur morose prétendait que je sors de
mon sujet en embrassant ici le parti d'Athènes contre
Bysance, je rappellerais quel fut le destin du fils de Périclès, du vainqueur de Callicratidas. Je ferais entendre
l'aréopage portant l'arrêt de mort du héros, au milieu
des cris du peuple qui célébrait son triomphe. Je mon-
trerais sa tête victorieuse tombant sans murmure sous la
hache des lois. Quel était donc son crime ?.... Enivré de
sang, d'orgueil et de gloire, il avait négligé d'accorder
la sépulture aux braves gisant sur le champ de bataille.
Sa mort était juste, et son châtiment suffit pour nous
apprendre ce qu'étaient, ce que seront encore les Grecs.
D'un autre côté, je peindrais l'île de Scio disparaissant
sous des monceaux de cadavres. Je forcerais nos humains
défenseurs du croissant à fouler les restes palpitans de
cent mille chrétiens, de femmes, d'enfans, de vieillards,
tous nos frères, indignement égorgés et abandonnés
aux vautours. Je leur ferais peser les récompenses du
divan, qui de rivage en rivage cherchèrent, mais en vain,
le pacha-bourreau pour ajouter à ses exécrables rapines
le prix du sang et du sacrilège. Puis, je demanderais

à tout homme dont le cœur bat encore aux cris de l'opprimé, si je pouvais hésiter, moi chantre des tombeaux, entre le souvenir de tant de vertus et le tableau de tant de crimes? Ah! ne doit-on pas s'écrier aujourd'hui plus que jamais :

O honte! ô de l'Europe infamie éternelle !
Un peuple de brigands, sous un chef infidèle, etc., etc.

(J.-B. Rousseau, *Ode aux princes chrétiens contre les Turcs.*)

---

(4) Vous, qu'on maudit tout bas, et que tout haut j'accuse.

(Pag. 20, v. 1.)

Je ne connais pas et je n'ai pas voulu connaître l'auteur ou peut-être les auteurs de la décision funeste. Aucun sentiment de haine ne m'anime. Je voudrais même me persuader que c'est pour obéir au vœu d'une loi criminelle de lèze-nature que des hommes faibles sans doute ont mis à l'encan l'asile inaliénable des morts. Quoi qu'il en puisse être, le champ du repos est sérieusement menacé de la charrue; des feuilles publiques l'attestent. Si j'accuse, je me nomme; et, je dois l'avouer, je n'attaque des concitoyens qu'avec un amer regret; mais c'est avec délices, je le proclame, que je défends les restes de ma mère et de tant d'honorables compatriotes.

---

(5) Où pourrait-il rêver, pour charmer ses misères,
Le repos et l'égalité?

(Pag. 25, v. 13.)

«Qu'elles sont profondes, qu'elles sont sages les réflexions qu'un pareil lieu, que de pareils objets inspirent! Avec

quel dédain on regarde du haut de la mort, si j'ose ainsi
parler, ces niaises vanités, ces petites grandeurs, ces graves
riens, à la poursuite desquels nous consumons notre vie!
Du point de vue où je me trouvais alors, que l'ambitieux
me paraissait bête! que le courtisan me paraissait vil!
que le persécuteur me semblait odieux et insensé! Si je
puis juger des autres par moi-même, une heure de pro-
menade dans un cimetière révèle plus de vérités utiles,
plus de sentimens vrais, plus d'idées religieuses à l'esprit
et au cœur de l'homme, qu'il ne peut en puiser dans tous
les livres de morale. » (*Erm. Guy.*)

(6) Elle ne doit farder que les restes des grands.

(Pag. 27, v. 8.)

Malherbe, Gray, Young, Legouvé, Feutry, et tant
d'autres chantres des tombeaux ont signalé cette déplo-
rable vanité qui surcharge le coin de terre où dort
quelque poussière humaine, de titres, d'armoiries,
d'éloges fastueux et souvent épigrammatiques, à force
d'hyperboles. Chénier, dans *le Cimetière de campagne*,
a dit après Gray, en parlant des humbles villageois:

Ils n'obtinrent jamais sous les voûtes sacrées
Des éloges menteurs, des larmes figurées ;
Les ministres du ciel ne leur vendirent pas
Le ... du néant, les hymnes du trépas :
Mais perçant du tombeau l'éternelle retraite,
Des chants raniment-ils la poussière muette ?
La flatterie impure, offrant de vains honneurs,
Fait-elle entendre aux morts ses accens suborneurs ?

Feutry, cet infortuné Lillois, qui, convaincu de talent,

fut condamné au supplice de Malfilâtre, et n'échappa à
l'exécution textuelle de l'arrêt qu'en mettant fin lui-
même à sa misérable existence, Feutry ne devrait-il pas
renaître pour écrire de nouveau au revers de certaines
tombes :

Sur ces marbres inscrits, voyons ces noms célèbres,
Lisons : *Ci-gît le grand!*.... Brisez-vous, imposteurs;
Eh quoi! des os en poudre ont encor des flatteurs?

(7) Je ne trouverai le bonheur et ma mère,
Qu'aux cieux!

(Pag. 27, v. 18.)

Si je publie ce petit poëme, ce n'est pas dans un vain
et chimérique désir de gloire, mais bien dans le seul
but d'assurer la paix des tombeaux, de sauver de la
destruction ces monumens qui, selon le bon, l'ingénieux
Bernardin de St. Pierre, sont placés sur les limites
des deux mondes. Je crains pourtant de n'avoir point
suffisamment convaincu ceux qui voudraient en quelque
sorte se faire appliquer ce vers de *la Henriade* :

On les vit se nourrir des cendres de leurs pères.

J'emprunterai, pour achever de les rendre à des sentimens plus dignes d'eux, de leur ville natale et de leur
siècle, les accens à la fois brillans et pathétiques du
Virgile français. Certes, cet emprunt et les citations
précédentes, en m'exposant au plus fâcheux parallèle,
prouvent le désir de persuader, même aux dépens de
mon amour-propre. Je n'appuie sur ce point que pour
prémunir contre les inductions qu'on pourrait tirer de
quelques hémistiches vaniteux, de certains élans d'orgueil
que le genre lyrique comporte et semble même exiger.

Cette observation, inutile pour le lecteur instruit, et surtout pour les personnes qui me connaissent, dissuadera, j'espère, les *Labeaumelle* du temps, de chercher dans ces écarts obligés, la pensée d'un auteur qui, quoiqu'on ordonne de ses ouvrages, et quelles que soient ses destinées littéraires, sait et saura toujours ce qu'il doit au public et à lui-même. Maintenant, et sans plus de digressions, l'élève se tait, et laisse parler le maître :

> Ce n'est donc pas en vain que l'humanité sainte,
> Des tombeaux, en tous lieux, a consacré l'enceinte.
> Protéger les tombeaux, c'est honorer les morts.
> . . . .
> . . . .
> Eh ! sans ce long respect, ce culte salutaire,
> Qui des races transmet le culte héréditaire,
> Que seraient les mortels ? Les siècles passagers
> Périraient sans retour, l'un à l'autre étrangers.
> Ainsi, du peuple ailé les familles légères,
> Vagabondes tribus, sans aïeux et sans frères,
> Méconnaissent leur race au sortir du berceau.
> Mais du fond de la nuit et du fond du tombeau
> Un cri religieux, le cri de la nature,
> Vous dit : « Pleurez, priez sur cette sépulture;
> » Vos parens, vos amis dorment dans ce séjour,
> » Monument vénérable et de deuil et d'amour;
> » Ces êtres consacrés par les devoirs suprêmes,
> » Honorez-les pour eux, pour l'état, pour vous-mêmes. »
> Ainsi le dogme saint de l'immortalité,
> Recommande notre ombre à la postérité;
> Ainsi, prêtant sa force au saint nœud qui nous lie,
> Le respect pour les morts gouverne encor la vie.
>
> (DELILLE, *Poème de l'imagination*)

www.ingramcontent.com/pod-product-compliance
Lightning Source LLC
Chambersburg PA
CBHW061607180626
46818CB00005B/1990